KB124074

다만 작은 새로 살고 싶은 적은 있었다

다만 작은 새로 살고 싶은 적은 있었다

김영아 지음

다온길

차례

1부 내가 나와 마주쳤을 때

2부 단정한 이별

3부 가을 지다

4부 씨앗을 모으는 아이

1부

내가 나와
마주쳤을 때

섬이 된 사람

태풍으로 마지막 배는 떠나지 않았다
고립된 섬에서 일상이 멈춰졌고
미지의 세계로 뚝 떨어진 나는
바다를 떠도는 섬이 되었다

어서 폭우가 노을처럼 저물어 풀어지기만을 바랐다
야속하게도 성이 풀리지 않은 바다는
으르렁거리며 이빨을 드러냈고
먹히지 않으려 최대한 몸을 웅크린
나는 파도 그림자 뒤로 몸을 숨겼다

파도가 병풍처럼 꺾일 때마다
목구멍으로 물고기 떼가 들어왔다
몸속에 온갖 물고기들이 채워지자
무게를 이기지 못하고 바다에 정박했다

마지막 배는 떠났고
몸을 띄우려 발버둥 칠수록
항구와 점점 멀어져만 갔다
섬에서 섬이 된 나는
다시는 그 섬으로 갈 수 없었다

108초

낯설음 앞에 우리는 늘 외롭다
불안감을 감추지 못하고 헛기침을 해보지만
결국 서로의 어색함에 머리를 긁적인다

외롭지 않기 위해 근육을 이완하고 악수를 청한다
잠깐 웃음을 보이기도 했지만 3초를 넘기지 못했다
불안감은 초조함으로 바뀌어 얼굴에 붉은 기가 돈다

감추고 있는 고독과 집념은 우리를 강하게 하지만
외로움을 증명하는 단서가 되기도 한다
공생 관계를 맺기 위한 노력이 과연 필요한 것인가

탄성을 잃은 99초가 국수 가닥처럼 불어가고 있다
다행히 이 사람 역시 외로움을 극복하지 못한듯하다
감사하게도 우리에게 6초의 여유 정도는 남았나 보다

우박 같은 너

어쩌다가 또
어쩌려고 또

우박 같은 너를 만나
우산도 쓰지 못하고
돌팔매를 맞으며
스스로 상처를 내는 건지

웃는 얼굴

웃음이 무서울 때가 있다
미친년은 늘 웃고 있지 않은가
정신 줄을 놓은 사람은 울지 않는다

웃는 얼굴에 침을 못 뱉는 건
경계를 허문 웃음 뒤로
가늠할 수 없는 감정의 두려움 때문

모든 걸 잃었다면
죽음 앞에 동정을 구하지 말고
되도록 많은 사람 앞에서
소리 내어 웃어라
웃음의 강도를 높여라

스스로 입을 찢은 조커로 살자

오늘도 나는

내가 울면
너도 내 생각 할까 봐
꾸욱 참았다

내가 웃으면
너도 웃을 거란 생각에
억지웃음을 지었다가

아주 나를 잊을까 봐
심술이 나서
너를 떠올리고 말았다

새가 되어

다만 작은 새로 살고 싶은 적은 있었다
가장 굵고 높은 벚나무 가지 끝에서
힘찬 날갯짓으로
결혼식 날 꽃을 뿌리는 아이가 되어
고개 숙인 이들에게
환한 웃음을 선물하고 싶었다

허기가 질 때까지
무작정 들판 위를 날고 싶었다

바람 없는 날에는 호수 위로
통통통 튀어 오르며 물장난을 치고 싶었다

종일 비가 내리는 날에는 숲으로 들어가
한 곡의 노래를 오래도록 부르고 싶었다

들키지 않게 감추어 둔 내 바람은
눈 내리는 고요한 새벽
뜬금없이 튀어나와
겨드랑이를 간지럽히며 나를 깨우곤 한다

원이 되지 못하고

복수에는 이자가 붙어서
내 몸을 깎아내지 않고서는 이룰 수 없었지

어느덧 내 몸은
12각형 변이종이 되었고
드디어 사무친 한을 풀기 위해
세상 밖으로 나왔어

아, 아! 원통해서 어찌할까
12가지 집착들이 갈고리가 되어 나를 꿰차고서
한 발짝도 나아갈 수 없게 만들었으니
복수가 아닌 구원을 청하게 되었으니

날카롭던 내 갈고리는 녹이 슬었고
더 이상 사람들을 위협하지 못했어
끝내 원이 되지 못한 나를
도와줄 사람은 세상 어디에도 없었어

적당함을 거부한다

보통의 인사
보통의 만남
보통의 이별

적당함이 지나치면
난치병이 생긴다

그러므로 나는
평생 감추고 살아갈
적당함을 거부한다

환영의 인사
최고의 만남
단호한 이별

한낮의 태양처럼
그림자 없는 하루를 꿈꾼다

사거리에서

마음보다 앞서 눈물이 나는 날에는
사거리 신호등 앞에 선다

나에겐 4번의 기회가 있다
선택권은 모두 내가 갖는다

빨간색 불이 켜질 때마다
내 안에서는 초록색 불이 켜졌다

4번의 기회는 지나갔고
다시 제 자리다

끝내 도망치지 못했다
아무래도 더 살아야 하나 보다

너는 너답게

꾸민 말과 글은 필요없어
그렇다고 침묵으로
모른 체 할 생각은 마

너는 너다운 너를 보여줘
애쓰지 말고
애달아 말고

너와 함께하는 시간은
짧다, 길다가 아니야
뜨겁다, 차갑다가 아니야

너의 시간 속에서
찻잔의 온기 정도만 나눌 수 있다면
그것으로도 충분해

내가 나를

타인과 나를 비교하며
얼마나 나는 나를 다그쳤던가

한결같이 원하고 바라던 꿈은 결국
타인에게 보여주기 위한 전리품이었다

타인에게 침묵할수록
나는 나를 얼마나 원망했던가

타인에게서 행복을 찾으려 했던
어리석고 나약한 나를 만났다

과연 나는 누구를 사랑했을까
다정한 위로와 화해를 청한다

어른이 되는 꿈

어린 시절 추락하는 꿈을 많이 꾸었다
엄마는 키가 크는 꿈이라고 했다

어떤 날은 벼랑 끝에서
어떤 날은 제일 높은 빌딩 옥상에서
어떤 날은 비행기 안에서

추락하는 꿈을 꿀 때마다
비명을 지르면서 잠이 깼다
진땀 나는 악몽이었지만
어른이 되는 꿈이라고 믿었고

아침이 오면
키가 얼마나 자랐는지
벽에 기대고 서서
눈금을 그려보고는 했다

현실이 악몽보다 무섭다는 것을
알만큼 키가 컸을 때
악몽을 걸러 준다는
드림캐쳐를 선물 받았다

욕구만 커지고 만족감은 없는 나이
꿈속에서도 나는
거짓말을 하고 있었다

다시 깊은 잠에 빠져
미지의 어느 우주 공간에서
추락하는 꿈을 꾸고 싶다
진짜 어른이 되고 싶다

상처가 덧나다

버티는 삶이란
아물지 않은 상처를 안고 사는 일이다
나을만하면 상처가 포개져
다시 피가 나고 고름이 베이기를
서너 번 반복하다 보면
어느새 상처의 찌릿함이
가끔은 살아있음을 확인시켜 주기도 한다
아물지 않은 상처에 무디어질 때쯤
새살이 돋은 자리에
누군가 함정을 파 놓은 듯
얇은 피부막이 생겼다
버티는 삶이 견고해지기까지
마음의 그늘은 흉터로 남아
많은 날을 잠 못 들게 할 것이다

어린나무

시장 구경을 하다가
이름표가 없는 묘목 한 그루를 샀다
굳이 이름을 물어보지 않았다

굵고 가는 나무는 생각보다
무겁고 낭창했다
나무를 심을 적당한 곳을 알고 있었다

공원 한 귀퉁이 수돗가 옆에
밑동만 남아있는 은행나무가 있다
이 나무는 용도가 다양해서
의자가 되는 것은 물론
채반이나 접시, 도마, 받침대로도 사용된다

여전히 땅 밑에서 뿌리를 키우고 있을 은행나무 옆에
이름 모를 어린나무를 심었다
나보다 더 많은 세월을 살았고
더 많은 세월을 살아갈 두 나무에게
살아남는 법을 좀 진지하게 배워 볼 생각이다

길에서 나를 마주하다

일이 없는 사람이
갈 수 있는 곳은 많지 않다
쓸데없이 부지런하기까지 한 사람이라면
아침부터 거리를 배회하는 일은 더욱 많아진다
이럴 때 할 수 있는 가장 바람직한 일은 걷는 거다
먼저 시내버스 정류장의 노선도를 살펴보자
적정한 거리와 시간, 배차 간격을 꼼꼼히 알아두어야 한다
도착지는 시장, 동물원, 미술관, 학교, 사찰, 외곽 마을
등 다양하다
평소 가보지 못했던 곳을 선택할 수도 있겠지만
이조차 선택 장애를 겪는다면
5초 정도 스토커가 돼보는 것도 괜찮다
버스를 기다리는 사람 중 한 사람을 골라
그가 타는 버스를 타고 이동하는 방법이다
목적지가 있으니 방황하는 것이 아니다
낯선 곳을 찾아가는 여행자가 되어 차창 밖 풍경을
즐기면 된다
지나온 인생길에도 버스 노선처럼 여러 정류장이 있었다

어느 곳이 도착지인지 몰라 허둥대다가 목적지에
가지 못하기도 했다
늘 해야 할 일은 많아서 하고 싶은 일은 순위에서
밀리곤 했다
지나온 길을 더듬어 걷다 보니 달리기에 집중하느라
무심히 지나쳤던 길의 풍경들이 그리워진다
시내버스 종점
테이프 감듯 왔던 길을 되감기 하는 오늘
후회가 덜한 하루였기를 바란다

반가운 손님

생각이 복잡할 때는
물을 많이 마신다
꿀꺽꿀꺽 배를 채우다 보면
둥둥 떠오르는 생각이 있다
썩은 콩을 집어내듯 고르다가
잊고 있던 얼굴 하나 떠오르면
이때다 싶게 생각을 거두고
서둘러 나갈 준비를 한다
오늘은 우리 외롭지 말자
누군가에게 반가운 손님이 되자

2부

단정한 이별

초대

당신과 따뜻한 차 한잔 나누고 싶습니다
4월의 마지막 날이면 좋겠습니다

성급히 봄을 알렸던 매화는 졌으나 바통을 이어
연달아 피어난 꽃들의 함성으로 문밖이 소란스럽습니다

가야금을 연주하듯 손끝에 힘을 주어 딴 찻잎을
씻고 헹구고 덖는 동안, 한가지 다짐뿐이었지요

담백하고 은근하게, 정갈하고 고요하게
당신의 입술에 닿는 찻잔처럼 단정한 이별을 고하겠다고

차 한잔을 마시는 침묵에서 느껴지는 묵직한 진심이
마지막 인사이자 나의 연서임을 당신은 아실 겁니다

그러니 제 마지막 초대에 응해주시길 바랍니다
선선한 바람으로 따스한 차향으로 선율처럼 와주시길
청합니다

혼자가 익숙해질 때

선택한 기다림은 두렵지 않다
혼자가 익숙해질 때
비로소 사랑은 완전해지고
소유가 아닌 결합으로
동등해지는 것

숨차도록 두근대지 않아도 좋다
그늘에 가려진 나뭇가지에서도
여전히 새들은 노래한다

그러니 그대는
잊지 말고 오기만 하면 된다

무궁화

생을 다할 때까지 고개 숙인 적 없었다
생을 다 했으나 아무도
생이 끝났다고 믿는 이 없었다
이토록 우아한 죽음을 본 적 있는가

때로는 살기 위해
죽어도 잊지 못할 일들을
죽도록 잊어야 할 순간이 오기도 한다
분노와 집착으로 가득했던 폭염을 식혀준 건
태풍으로 덮었던 변명과 연민이었다

떨어지는 무궁화를 보며
죽음 뒤 찾아올 또 다른 생을 축복한다
환생을 꿈꾸며 미라가 된 꽃들의
장례식은 고요하고 단출했다

소나기

아주 익숙한 단골집에서
낮술을 마시다
들어오는 당신과
마주치고 싶습니다

한바탕 비가
쏟아져 내리고
언제 온 줄도 모르게
쨍그랑 동전처럼
빛나는 오후 3시

반듯하게 우산을 접고
들어오는 당신이
먼저 나를 보고
인사 해주기를 바랍니다

다른 사람들과
술잔을 기울이고 있지만
가까운 동선에서

잠깐씩 눈을 마주치며
어색하지 않은 웃음으로
태연하면 좋겠습니다

취기가 오른 제가
먼저 일어나겠습니다
이제 나는 덤덤하게
당신과 작별 인사를 하고
어둠을 찾아
유목민처럼 떠날 겁니다

오늘의 만남은 술에
잠식되고 말겠지만
그래도 반가웠습니다
잘 가요, 소나기

조만간

사는 동안 꽃 한 다발 받아본 적 없던
그녀 주변으로 꽃들이 가득하다

영정사진 앞에서 셀카를 찍는 조문객들
장례식도 인증 샷을 남기는 시대

저 휴대폰 안에
그녀와 어깨를 두르거나 팔짱을 끼고
함께 찍은 사진 한 장 정도는 남아있기를

1월에 나는 그녀에게 새해 인사를 전하며
조만간 만나자는 문자 메세지를 보냈다

4월에 나는 기차역에서 그녀를 만났고
조만간 밥 한번 먹자고 약속한 후
가벼운 포옹과 웃음으로 헤어졌다

9월에 나는 그녀에게 전화를 걸어 명절 잘 보내고
조만간 사무실로 찾아가겠다고 말했다

11월에 나는 그녀가 아닌
그녀의 사진과 만났다

어린 시절 한 가닥 고무줄만 있어도
대여섯 명이 한꺼번에 시간 가는 줄
모르고 놀던 때가 있었다

팽팽해지기도 느슨해지기도 하는 고무줄을 당기면서
노래를 불렀던 우리는 약속을 정하지 않아도
언제나 어제처럼 다시 만나서 고무줄 놀이를 했다

나와 그녀는 느슨해진 고무줄이었다
언제든 팽팽해질 수 있고 어제처럼 다시
만나서 놀 수 있을 거라고 여겼다

조만간, 조만간, 조만간
아니, 우리는 당장 만났어야 했다

선택

손바닥 활짝 펼쳐서
너를 힘껏 안는 것도 사랑이겠지만

두 주먹 꽉 움켜쥐고
뒤돌아서 가는 것도 사랑 아니겠느냐

연애 불발

새벽부터 울어대던 새끼 고양이
날이 밝아도 그치지 않는다
옥상에 올라가 보았으나
역시나 모습을 드러내지 않았다

밥을 먹고 있는 내가 보이지도 않을 텐데
숟가락이 입으로 들어갈 때마다
"야옹, 야옹"
혼자만 먹는 것이 미안해져 나도
"야옹, 야옹"

나의 야옹은 안전하다는 신호이며
같이 살아도 좋다는 호의지만
너의 야옹은 기다림 끝의 절규이며
홀로 서야만 하는 절박함이므로

애타게 서로를 부르기만 할 뿐
너와 나의 연애는 불발이다

헤픈 사랑

우리가 헤어진 건 겸손해서였다
배려와 인내, 요구보다 수용
덜어내고 절제했던 사랑은
빈약한 탓에 힘없이 무너졌다

우리는 헤픈 사랑을 해야 했다
지키지 못할 약속과 미래를 선물하고
과도한 애정을 퍼부어야 했으며
열정의 순간들을 기록으로 남겨야 했다

참지 못하고 잎보다 먼저 나온 저 봄꽃처럼
우리는 좀 더 헤픈 사랑으로
흘러넘쳤어야 했다

경고음

울고 있는 내가
부끄럽지 않을 때

떠나는 것이
겁나지 않을 때

잊고 지우는 것이
두렵지 않을 때

이제 우리가
헤어져야 할 때

참지 말자
견디지 말자

이별 후 그리움이란
그저 정신 차리라는
경고음 같은 것

4월 16일

엄마, 엄마는 제게 거짓말을 하면 안된다고 하셨어요
착하게 살아야 사랑받는 아이가 된다고 하셨어요
모든 사람이 저를 사랑해 주길 바랐어요
주인공이 되어 멋진 무대에서 축하받고 싶었어요

그런데 엄마,
엄마는 제게 왜 거짓말을 하셨나요
진실이 침몰 된 이 배 안에 왜 저를 가두셨나요

차가운 어둠 속에서도 저는 착한 아이로
얌전히 엄마를 부르고 있었어요

이제 저는 엄마 곁으로 갈 수 없겠지요
이제 저는 사랑받는 주인공이 될 수 없겠지요

진실이 변명이 되면
거짓은 진심이 되고 전설이 된대요

이제 저를 기억해 주는 사람들은
모두 전설 속에 묻히겠지요

엄마, 엄마는 절대로
착한 어른으로 살지 마세요

평범한 하루

기다림이란 꽃병에 물을 갈아주듯
일상을 살아내는 것이다

그러니 너를 기다리는 일은
내게는 평범한 하루 같아서

알람 소리를 듣지 못했다고
엘리베이터나 버스를 놓쳤다고
주문한 음식이 늦게 나왔다고
내 인생이 무너지지 않는 것처럼

담담한 기다림으로
오늘을 사는 것이다

옷장을 정리하다가

20년이 지난 옷들을 아직도 가지고 있었다
언젠가는 입을 수 있을 거라고 여겼는데
그 세월이 20년을 넘겼다

오늘 20년이 지난 옷들을 정리하면서
쓸데없는 소유욕으로 옷장에 채우고만 있었던
묶어둔 시간들을 풀어주었다

옷장을 정리하듯 머릿속에 묵혀두고 있는
수십 년 전 다짐들도 버릴 수 있다면
가슴 뛰는 단어 몇 개만 남겨두고 비우고 싶다

콩나물

그 하찮고 흔한 한 줌의 콩나물이
눈뜨기 싫었던 어제를 달래주는
뚝배기 국밥의 온기가 되고
소란한 일상의 수다들과 뒤섞여
해물탕으로 볶음으로 무침으로 어우러져
배부른 휴식을 선물한다

한 줌의 콩나물을 소비함으로써
나는 지난날의 아삭했던 청춘의 빛깔을
그리워 하다가도 미련 둘 것 없는
무게감을 비워내려고 변기통을 찾기도 했다
짓눌렸던 후회스러움의 열기를 내리고
서러웠던 분노와 억울함을 꾹꾹 씹어 삼켰다

돌아보면 그 하찮고 흔한 것만큼
소중하고 아름답지 않은 것이 없었다
가치의 혼돈 속에 귀함을 잊었던 건
익숙함이라는 다정함이었음을 알아간다

깜깜한 어둠과 적막을 이겨낸 콩나물은
오늘도 별것 없이 별 탈 없이 누군가의
입으로 들어가 화를 내리고 속을 풀어주는
건강한 먹거리로 숭고한 생을 마감한다

선을 넘는 일

친하다는 이유로 상대방의
무례함을 당연하게 여기지는 않았는지

이해를 바라기에 앞서 우리는
먼저 양해를 구했어야 했다

선을 넘는다는 건
그 사람의 영역을 침범하는 것

소통의 시작은 호감이지만
관계의 지속은 친절이라는 걸
그때는 몰랐다

마지막 한 단어

산다는 건
단순한 단어 안에서 이뤄진다

살아남았다는 건
그 단순한 단어에 의미를 덧붙여
나름의 미학으로 승화하는 것

살다 간 이후의 삶은 회귀를 꿈꾸며
마지막 한 단어로 회자될 뿐이다

3부

가을 지다

해바라기

해바라기밭을 걸으며
변치 않을 사랑을 속삭였네
철 이른 고백은 교만했고
가시처럼 촘촘히 박힌
유희의 언어들을
한 개씩 한 개씩 뽑을 때마다
푸르던 시간들은 톡, 톡, 톡
흙 속에 박혔네
오직 한 송이, 해바라기처럼
도도했던 사랑은 발아되지 못한
씨앗으로 흙 속에 잠드네
네 번째 눈물을 흘리던 날
해바라기밭에 눈이 내렸네
쌓인 눈을 뚫고 피어나는 꽃은
사랑에 닿지 못한 시간의 결정체
태양에 타지 못하고 얼어 죽은 해바라기

청춘의 그물

그런 시절 있었다
노을빛을 끌어다가
밤이 오지 못하게 벽을 쌓고
시간을 잊은 채 호기롭던 시절

바람 한 결, 비 한 방울도
자국 없이 청명했던 하늘은
짙·었·고·넓·었·다

청춘의 그물은 촘촘하지 못해서
군데군데 구멍이 나기 일쑤였다
몇 번 수선하기도 했지만
차라리 바다로 나가기를
포기하는 날들이 많아졌다

허언증 같은 청춘은
낡고 헤진 그물망을 벗어나
바다로 돌아갔다

달아난 고기를 다시 잡을 확률은 얼마나 될까
얼룩진 하늘에 비가 모인다
바다에 나가는 일은 한참 또 미뤄질 것이다

가을의 향연

가을밤 나무들의 연주를
들으러 공원을 찾았다
비어있는 객석이 많아
괜스레 내가 민망해졌다
작년 겨울부터 곡을 만들고
무대에 올리기까지의
수고로움을 알아주는
이가 적어 속상했다
곧이어 공연을 알리는
종소리가 공원으로 퍼졌고
바람의 지위에 따라
나무들의 연주가 시작되었다
가는 선율조차 놓치지 않는
농익은 연주에서
묵묵히 세월을 쌓아온
나무의 내공이 느껴졌다
연주가 절정에 달했을 때,
떨리는 몸을 스스로 끌어안으며
잠깐 눈을 감았다 뜬 그때였다

시공간을 초월한 찰나의 순간!
마치 분수처럼 낙엽들이 다시
나무 위로 솟아오르고 있었다
일정 간격을 두고
감상하고 있던 관객들이
동시에 일어나 뜨거운
갈채를 보내며 환호했다
공연은 성공적으로 끝났고
집에 돌아온 나는
잠을 이룰 수 없었다
그 후로
한동안 공원을 찾는 일이 많아졌다
나무를 안고 가만히 귀를 대고 있으면
악기를 조율하는 나무의
숨결을 들을 수 있었다
가을이 지고 겨울이 피어나는
어느 11월의 일이었다

은밀한 거래

암 덩이가 돈이 된다고 했다
로또보다도 높은 확률, 인생역전!
죽음의 암 덩이가 생명의 젖줄이 되는 세상
사람들은 작물처럼 몸속에 암세포를 심기 시작했다
아쉽게도 누구나 다 성공할 수는 없다
황금알을 낳는 거위의 몸을 아무나 가질 수는 없을 터
암 덩이가 금덩이로 둔갑하는 마술쇼
목숨을 담보로 한 은밀한 거래 현장
긴장을 늦추지 말고 샅샅이 뒤져라
신체 어느 부위에서 갑자기 튀어나와
'심봤다'를 외치기 전까지는 모두 쉿!

편의점에서

지금은 오전 8시
미국 맥주 8캔과 새우깡 한 봉지를
계산하는 저 사람
비누로도 씻기지 않은 담배 냄새가
젖은 머리카락에서 연기를 내뿜는다
1974년생 새우깡과 같은 연배로
보이는 저 사람은
짐작건대 4000ml 밀물을
혼자서 다 비울 것이다

지금은 오전 8시
모두가 지정된 장소로 옮겨가는 시각
이른 술을 마시고
늦은 잠에 빠져들 저 사람은
꿈속에서도 바다를 건너
미국 땅을 밟지 못할 것이다
시간을 거슬러 흩어진
퍼즐 조각을 다시 맞추지 않는 한

시간의 속도

1.
숫자를 세는데 두려움이 없는 사람들이 있다
하루 종일 돌아다녀도 길을 잃을까 염려하지 않는다
큰길을 두고 가지처럼 뻗어나간 오솔길을 들락거리다가도
저녁이면 피곤한 줄도 모르고 광장으로 모여들어
장마 끝나고 울어대는 매미들처럼
함성을 지르며 새벽까지 축제를 벌인다

2.
길이 꺾일 때마다 멈추는 사람들이 있다
정지된 시간을 모으는 사람들은 아주 천천히 걷는다
그러다가 수백 년 동안 산과 강, 마을을 지키고 있는
나무와 바위를 만나게 되면 기도를 올린다
갈 길을 재촉하는 저녁이 찾아왔다
돌아가는 발걸음에 동행은 없다

병원 가는 날

여든을 앞둔 어머니는
나이 들수록 기억할 것만
많아진다고 투덜대신다
시간을 쫓는 일은 대단한
정신력을 요구한다며
잊어서는 안 될 것들을
저장해 두느라
머리만 무거워진다신다
해야 할 일도
가야 할 곳도
찾아주는 이도 줄었건만
놓지 못한 사연과 염려는
돌탑처럼 층을 올리고
떨리는 손바닥 안에는
알약만 늘어간다
오늘은 병원 가는 날
빗질을 하고 계신
엄마의 거울 속에
눈이 쌓인다

10월의 빛

거미줄 위로
10월의 태양이 오르고 있다
한층 한층 아주 조용히
주위를 살피며 오르던 빛은
순식간에 거미줄
전체를 덮쳐 버렸다

이슬은 흡수되었고
거미의 식량은
모조리 불태워졌다
그동안 모으고 지켜왔던 삶은
일순간에 사라졌고

10월의 빛이
지나간 자리에는
꺼지지 않은 불씨
몇 조각만이 뒹군다

한때 부족한 것 없이
풍요롭던 삶은
모두 헛것으로
지나간 시간들은
아득하기만 하다

간절한 만남

친구한테서 연락이 왔다
"갈 데가 없어서"

어떤 질문도 필요 없다
어떤 해답도 의미 없다

우리의 만남은 간절했고
우리의 이별은 적당했다

기억을 지우는 일

수혈하듯
잔에 술을 따르고
잔이 비워질 때마다
기억 한 조각씩을 지워나간다

기억을 지우는 일은
생각보다 까다로워서
수정테이프가 벗겨지는 것처럼
부스러기 기억들이
불쑥불쑥 뚫고 나왔다

언제나 오늘은 새로웠으나
숙취처럼 밀려오는 어제의 흔적들로
마음은 늘 서늘했다

숨바꼭질하듯
어딘가에서 꼭꼭 숨어있는
인연 있다면
이제 제발 나와 줬으면 좋겠다

바람의 언어

혼자 있는 시간이 많아지니
말수가 줄었다
다행이다

사는 동안 해야 할 말보다
하지 않아도 될 말을
너무 많이 하며 살았다

어깨에 힘을 주고 사느라
뒷목은 늘 뻣뻣했고
입술은 바짝 말라 있었다

말을 줄이니
평소 듣지 못했던
새로운 언어가 들리기 시작했다

하늘소리
산소리
물소리

그들은 바람의 언어로
나에게 말을 걸어왔다

친한 사람들에게
바람의 언어를 알려주려고
오늘도 열심히 배우는 중이다

나이 먹은 우정

친구를 마중 나가는 일은
먹먹한 마음을 진정시키는 일

나이 먹은 우정은 사랑을 이길 때가 많다

설렘보다 여전함으로
반가움보다 안도감으로

이만하면 행복하지 않은가

치매

오늘은 계절을 잊으세요
내일은 오늘을 잊으시구요
당신의 세계는 오늘이 평생일 테니
계절을 잃어도 갈 곳을 잃어도
아무도 알지 못할 겁니다
제게 주셨던 봄꽃의 설렘을 돌려드리지 못해 죄송합니다
이제 당신에게 필요한 건 알을 품은 어미 새의
둥지 같은 휴식일 테니
제 온몸으로 당신을 보듬겠습니다
얼룩진 기억일랑 솟대 끝에 걸어두세요
면사포 같은 벚꽃잎, 머리에 꾸미시고
저에게로 와주시면 됩니다
봄이 거꾸로 흘러 겨울로 간다고 해도
당신의 오늘은 변함없이 어제일 테니
뭉게구름처럼 점잖은 걸음으로 당신의 손을 잡고
봄 안으로 걸어가겠습니다

흙탕물

여러 날이 지났건만
흙탕물같이 뿌연 마음이
가라앉지 않는다

혼돈과 한탄 섞인 슬픔에
서러움은 복받치고
부은 얼굴은 푸른 빛으로 처연하다

이 어지러운 마음이
너 때문이라고는
절대로 입 밖으로 꺼내지 않겠다

4부

씨앗을 모으는 아이

그 계절의 장미

다들 늦었다고 말했다
첫눈 내린 지가 언제인데
피운다 한들 온전하지 못할 거라며 관심을 두지 않았다

늦은 것이 아니라 느긋했던
장미 꽃봉오리가 살이 오르기 시작했다

봄, 여름, 가을, 겨울 말고 그냥 어느 계절
담담하고 헛헛한 웃음으로
그 계절에 장미가 피었다

장미가 제 몫을 다하기까지
편들지 않았고 편 먹지 않았으니 공평하다
무심히 지나쳤던 시선에 가책받을 이유가 없다

그렇다면 우리 이제
모두가 한편이 되어 장미의 주인이 되자

오답 없이 평등하게,
우리는 장미의 주인이니까

바람의 당부

바람이 무어라 속삭이자
나무가 고개를 끄덕였다

무슨 말 했을까?
어떤 비밀 알려 줬을까?

가지 손을 붙잡고 내게도
알려 달라고 졸라보았다

바람이 또 한 번 나무를
살짝 건드리고 달아났다

내게는 절대로 알려주지 말라는
바람의 당부 같았다

나비 떼처럼 잎사귀들이
일제히 팔락거렸다

약이 오른 나는 서운해서
모른 체 하고 하늘만 보았다

암시랑토 안허게

이른 새벽
인천공항으로 가는 버스를 기다리다

"버스 곧 오니까 어서 들어가요."
"암시랑토 안혀"

"밥이랑 약 잘 챙겨 드시고 아프지 마세요."
"너나 몸 챙겨야, 나는 암시랑토 안혀"

달처럼 둥그런 할머니를
알을 품듯 감싸는 사내
몸도 둥그레졌다

할머니의 허리를
토닥토닥 곧게 펴드리고 싶었다
암시랑토 안허게

나도 너도

유리문 밖
비둘기 몇 마리에게
먹고 있던 안주를 내어 준 적이 있다

안에서 술을 마실 때면
기가 막히게 문밖에서
안을 살피는 붉은 눈동자가 보인다

그래그래
나도 먹고
너도 먹고
가끔 찾아오는 친구도 먹고
가끔 추근대는 참새도 먹고

밖과 안의 거리만큼만 유지한다면
부딪칠 일 없는 각자도생이지만
서로의 체온이 그리운 우리들은

취함을 핑계로 전화를 걸어
누구라도 애타게 부르는 것이다

사랑꾼

뒷짐지고 서 계신 할아버지
등 뒤로 국화 한 다발 숨어있다
잘 어울리는 중절모와 양복
윤이 반질반질한 갈색 구두
멋쟁이 신사군요

버스가 정차할 때마다
거북목이 되시는 할아버지
등 뒤에 숨은 국화도
덩달아 살짝이 얼굴을 내민다

12대쯤 버스가 지나가고
드디어 할아버지 활짝 웃으시네
꽃다발이 할머니 품에 안겼다

오래 기다렸지요
방금 왔어요 방금

가을 진다고 울적할 일은 아니었구나
늙는다고 서글픈 일은 아니었구나

할아버지 참, 사랑꾼이시네요

낭만을 즐기다

어느 해, 11월
우리 셋은
편백나무 숲을 지나 산비탈 아래로 펼쳐진 갈대밭을
발견했다
사람들은 편백나무 숲만 기억할 뿐
누구도 반대편 산비탈을 내려다보지 않았다

울창한 갈대밭은 그야말로 비밀을 감추기에
안성맞춤이었다
낭만을 즐겨보자는 제안으로
돌멩이 한 개씩을 주워 걱정거리와 같이 땅에 묻기로 했다
각자의 방식으로 비밀을 묻었고 흔적을 지웠다

그날 저녁
언제나처럼 우리는 취했고 첫눈이 올 때까지
당분간 만나지 말자고 약속했다

다음날 친구로부터 문자가 왔다
첫눈이 왔다고 보푸라기처럼 내리는 눈을 분명 보았다고

우리는 다시 만났고
정말로 첫눈 인지의 여부를 가리다가 자정이 돼서야
돌아갔다

다음날 다른 친구로부터 문자가 왔다
첫눈이 온다는 예보가 있다고 오늘 꼭 만나야 한다고
우리는 또다시 만났고 밤늦도록 첫눈을 기다리다가
다른 날을 기약하기로 했다

그렇게 여러 날 동안
우리 셋은 만났고 첫눈 논쟁은 계속되었다

그해 첫눈이 언제 내렸는지는 기억나지 않는다
시간이 한참이나 흐른 뒤에도 갈대밭에
무엇을 묻고 왔는지
우리는 서로에게 묻지 않았다

첫눈이 오면 다 해결될 거라는
기대감이 낭만이었음을 추억할 뿐이다

봄비

비, 온다
너, 온다

이런 날
이런 날엔

우산 없어도 좋다
그냥 울어도 좋다

예쁘다

4살 아이가 수선화를 보고
"예쁘다"

꽃을 쓰다듬는 아이를 엄마가 보고
"예쁘다"

엄마의 엄마가 손녀와 노는 딸을 보고
"예쁘다"

딱! 반절

오늘은
통통하게 살이 오른
대봉시를 따는 날

뚝뚝 가지 부러지는 소리에
깜짝 놀란 새들이
시위하듯 목청을 높인다

걱정하지 마
딱! 반절만 딸 테니

삼례시장

3일과 8일은 삼례장이 열리는 날
한가롭던 주차장이 만차가 되고

등교하듯 모여든 상인들의
자리 선점과 눈치싸움은 치열하다

덤과 에누리가 빠지면 섭섭하지
씨름하듯 흥정이 이뤄지는 날것의 순수

새벽부터 야무지게 묶어온 사연들이 풀어져
맛과 정이 버무려진 맵싸한 삼례시장

혼자 놀던 아이

내가 알던 그 언니의 웃음에서는
화사하고 달콤한 향기가 났어
사람들은 언니의 웃음소리를 좋아했고
나 역시 언니의 웃는 모습을 닮고 싶어 했지

언니가 하는 일은 씨앗을 모으는 거였어
종류와 색깔에 따라
낮에 모으는 씨앗과 밤에 모으는 씨앗은 달랐어
나는 언니를 도와주겠다며 매일 언니를 따라다녔는데
사실은 언니와 같이 있는 게 좋아서였지

햇살을 등에 지고 쪼그려 앉아 씨앗을 줍는 일은
운동장에서 혼자 노는 것보다
열 배는 더 재밌는 일이었어
언니 옆에 있으면 사람들의 시선이
나에게도 쏠리는 것 같아서
괜히 으쓱해지고는 했었지

어느 날 언니는 씨앗을 충분히 모았으니
떠나겠다며 내게 작별 인사를 하러 왔어
내 키가 언니만큼 자라면
그때 나를 만나러 오겠다고 했어
나는 언니를 잊지 않고 기다릴 거라고 맹세했지

언니가 그리울 때마다
학교가 끝나면
혼자서 씨앗을 모으러 다녔어
여러 종류의 씨앗이
작은 유리병에 채워졌고
어느새 선반을 가득 채우고도 남았지

하지만 언니는 내 키가 언니만큼
컸는데도 끝내 오지 않았어
언니가 견딜 수 없을 만큼 그리워서
나는 내 씨앗들을 땅에 심기 시작했어

봄이 오자 내 꽃밭을 보려고
하나둘 사람들이 찾아왔어
씨앗을 심고 있는 나를 보자
언니를 보듯 내게 웃어줬어
나도 언니처럼 환하게 웃어주었지

사람들이 내게 말했어
"당신의 웃음에선 화사하고 달콤한 향기가
 나는 것 같아요"
내 꽃밭에는 사람들로 북적였고
여전히 나는 언니를 기다리고 있어

혹시 언니에 대해 알고 있다면
언니를 꼭 만나고 싶다고
내 소식을 좀 전해주겠니

부족하다는 건

부족하다는 건 불쌍한 거란다
배가 고프다는 것이고
가지지 못한 게 많은 것이고
외롭다는 것이지

아니요 아니에요
부족하다는 건 살아있다는 거예요
아직 길이 끝나지 않았다는 것이고
아직 피어야 할 꽃잎이 더 있는 것이고
아직 오지 않은 사람이 있다는 거예요

그러니까 불쌍하다는 건
희망을 기다리느라
잠시 아파하는 거예요
부족하다는 건 행복한 거예요

배롱나무

내 속도 모르는 햇살에 떠밀려
여섯 돌계단을 오르니
사락거리는 배롱나무 반갑게 웃어준다

레이스 풍성한 진분홍 드레스 사이로
하얗고 매끈한 속살 드러내며
대놓고 유혹의 입김을 부는 저 배롱나무

내 속은 시커먼 구멍들이 뻥뻥 뚫려
한여름 죽부인처럼 숭숭한데
자꾸만 눈은 배롱나무 속살을 흘끔거린다

저기 연못가 버드나무
산책 나온 개의 혓바닥처럼 늘어져
주루루 침 흘린다

나만 본 거 아니네, 뭐

금산사에 가거든

금산사에 가거든
고개는 바짝 뒤로 젖히고 들어가오

나무의 으뜸 참나무의 위용을
제대로 보기 위함이요

절을 둘러싼 모악산 자락에
주름같이 파인 금맥을 찾기 위함이요

석가모니 열반 후 56억 7천만 년 후에
오신다는 미륵불을 대면하기 위함이라오

금산사에 가거든
도토리 열매 감춰놓듯 숨겨놓은
아픔일랑 땅속에 묻어버리고
주저 말고 삼존불께 소원 하나는 빌고 오시오

봄맞이

부드러울 거라 믿었던
아이의 얼굴이
수피처럼 거칠고 차가워서
손을 뒤로 빼 버린거야
화들짝 놀란 내 표정을
아이는 물끄러미 바라보더니
수줍어하면서도 당당하게 말했어
저는 지금 피어나는 중이에요
부끄러웠지만 나도 용기 내 말해주었지
어른스럽지 못해서 미안해
그리고선 아이의 뺨에 입 맞추었어

시인의 말

나이가 들면 괜찮아질 줄 알았다
그런데 이게 뭔가
나는 여전히
상처받고 무너지고 흔들린다
어쩔 수 없다
더 살아보는 수밖에.

다만 작은 새로 살고 싶은 적은 있었다

초판 1쇄 발행 2023년 12월 20일

지은이   김영아
펴낸이   백광석
펴낸곳   다온길

출판등록 2018년 10월 23일 제2018-000064호
전자우편 baik73@gmail.com

ISBN 979-11-6508-546-9 (03810)